# LUPETTO

## ama Babbo Natale

GRIBAUDO

Quando arriva dicembre,
Lupetto pensa
a Babbo Natale.

“Non vedo l’ora
che Babbo Natale
arrivi sulla sua slitta!”

Lupetto adora aprire le finestrelle
del suo calendario dell'Avvento.

«Mentre aspetto Babbo Natale,
mangio un cioccolatino
tutti i giorni!»

5
8
24
22
12
7
6
4
16
15
18
23
3
10
14
20
11
13
2
1
21
19
17
9

Lupetto adora decorare l’abete.

«Metto una stella proprio
in cima, piacerà anche
a Babbo Natale!»

A Lupetto piace appendere
le decorazioni per tutta
la casa.

«Sono sicuro che Babbo Natale
le vede dal cielo!»

A Lupetto piace scrivere
la letterina a Babbo Natale.

«Aggiungo un bel disegno
come regalo per
Babbo Natale!»

A Lupetto piace cucinare
i biscotti con la glassa.

«Ne tengo sempre
un sacchetto per
Babbo Natale!»

Buon
Natale

Lupetto adora la Vigilia di Natale,
quando tutta la famiglia
si riunisce.

«Stanotte arriva
Babbo Natale!»

Mentre apre i suoi regali,
Lupetto dice:

«Grazie, Babbo Natale!
Sei davvero il più
gentile di tutti!!».